KB249663

집이 떠나갔다

집이 떠나갔다

정 우 영 시 집

창비

차 례

제1부

생강나무

마흔여섯 해 걸어다닌 나보다
한곳에 서 있는 저 여린 생강나무가
훨씬 더 많은 지구의 기억을
시간의 그늘 곳곳에 켜켜이 새겨둔다.

홀연 어느날 내 길 끊기듯
땅 위를 걸어다니는 것들 모든 자취 사라져도
생강나무는 노란 털눈 뜨고
여전히 느린 시간 걷고 있을 것이다.

지구의 여행자는 내가 아니라,
생강나무임을 아프게 깨닫는 순간에
내 그림자도 키 늘여 슬그머니
생강나무의 시간 속으로 접어든다.

곡우

봄비 그치자 아침 이내
포근포근 산자락을 감아돈다.
느른하고 불안하다.
이런 날이면 천산 누옥(漏屋)의 우리 어머니,
육탈의 가벼운 몸 또 근질근질하실 게다.
천명(天命)도 아랑곳없이 떨쳐 일어나
요정처럼 날래게 묵정밭 일구실 게다.
어허, 저기.
천산에서 뜯어 흩뿌리는 모정(母情)이
무지개 되어 훨훨 땅바닥에 날아내린다.
눈이 부셔 차마 바라볼 수가 없다.
너무 환해서 비릿한 눈물 번진다.

어머니 등불

혼자서는 못 일어나시는 어머니를
기어코 부추겨 길 나선다.
늦가을 바람이 조금 매섭다.
조심하세요.
오래 삭은 발걸음이 불편하신지
어머니는 자꾸 헛걸음 떼신다.
너무 오래 누워 있었는갑다, 악아.
다리에 힘이 실리지 않는구나.
나이 마흔 중반 아들을 네댓살짜리 대하듯 다감하다.
곰뱅이가 참말로 곱게 늙는구나.
산 단풍이 참 화사하지요.
소풍 가는 아이들처럼 도란도란 곰살갑게 걷는다.
동네 어귀에서 어머니는 우뚝 발걸음 멈추신다.
악아, 안산을 돌아 공마당재로 들어가자.*
왜요, 동네를 질러가는 게 더 편한데요.
이런 몸으로 가자니 부끄러워서 그런다, 부끄러워서.
딴은 맞는 말씀이기도 하다.

사십여년 만에 만나는 이웃들이 낯설기도 하실 게다.

그럼 돌아서 가지요, 뭐.

공마당재 넘어서자 삼밭골 새집 가깝다.

맘에 드세요, 어머니.

음, 좋구나. 동네가 훤히 보여서 좋고 집도 보송보송
하고.

고맙구나, 애야.

새집에 모셔다 드리고 나오는데,

나 몰래 켜둔 어머니 등불들로 밤하늘이 환하다.

* 이장할 때, 혹 동티 날까 저어하여 마을을 에둘러 지나가는
  풍습이 우리 동네에는 있다.

깜빡 잠

까닭 없이 눈이 붉어지고 부아가 치밀 때마다 내 고향 청계동은 바람 서늘한 그늘 하나씩을 날라다준다. 나는 그 그늘 아래 눕자마자 순식간에 잠에 빠져든다. 나는 꿈을 꾸는데 그 꿈속에선 늘 안산에 안겨 있다. 벌거벗은 태초의 몸인데 춥지도 덥지도 않고 아주 평안해서 마치 안산의 일부가 된 것 같다. 그런 느낌으로 나를 둘러보면 내가 문득 소나무거나 다람쥐거나 혹은 잔잔한 풀이거나 흙이 되어 있다. 그럴 때쯤이면 마음이 아주 가볍고 풍요로워진 나는 눈을 번쩍 뜨는데, 이미 모든 부아는 다 사라져버리고 없다. 아내는 그런 나를 보고 전혀 딴사람 같다고 낯설어한다. 나도 분명히 그걸 느낀다. 깜빡 잠이 나를 바꿔놓은 것이다. 나의 삶은 이렇게 윤회되는 모양이다.

우물 승천

오랜만에 고향집 뒤꼍으로 가서

한 이십년 족히 닫혀 있던 우물 뚜껑을 열었더니

늙은 개구리 한마리 엉금엉금 기어나오고

반쯤 쥐에 뜯긴 붕어도 한마리 슬슬 헤엄쳐 나온다.

꽃다운 나이 열둘에 우물 속으로 사라진 누이도 나올까 싶어

한참 동안 쭈글치고 앉아 기다린다.

영 기미가 없어 윗몸 우물에 거꾸로 들이밀고 소리친다.

우리 누이는 언제 나온다냐?

내 말 메아리 되어 우물 속을 웅웅 떠다니더니

마술인 듯 우물에서 하늘길 열리고

누이 닮은 하얀 연꽃 하나 다소곳이 걸어나온다.

아하, 나는 불현듯 깨닫는다.

누이는 선녀처럼 두레박 타고 내려가 승천했음을.

우리 집 우물이 하늘로 되돌아가는 자궁이었음을.

멍든 생

발은 계단을 따라 달리고
생각은 미지의 세계로 달아난다.
그 간극에 생은 놓이게 마련이어서
발이 생각보다 너무 빨리 달리거나
생각이 발보다 너무 멀리 달아나면
생은 시퍼런 멍을 뒤집어쓰고 나뒹군다.

오늘 아침,
왼쪽 광대뼈 쪽으로
급작스레 멍든 생이 찾아왔다.
집과 밖을 잇는 계단이
슬그머니 내 발을 밀쳐버린 것이다.
황급히 일어나서 생각을 불러들이려 하였으나
생각은 이미 미지의 세계에 빠져버린 다음이어서
나뒹군 채로 나는 막막한 간극에 빠져 있었다.
처음에는 불쑥 찾아온 간극이 낯설게 느껴졌지만
뜻밖에도 그 시공간은 너무나 평온했다.

마치 본래 그게 내 생의 시공간처럼 느껴졌다.
나는 생각이 다시 돌아올 때까지
간극의 부푼 황홀에 젖어 세상을 잊었다.

이제 내 멍든 생은 쉬 지워지지 않을 것 같다.
계단만 보면 멍든 생이 환기시킨 간극의 기억을 찾아
발과 생각의 불균형이 잦아질 것이기 때문이다.

토란잎 그늘

화분 속 토란이 매끈매끈하다.
무더위에도 아랑곳없이 생글거린다.
출근하다 말고 눈으로 가만가만 토란잎 쓰다듬는다.
처음에는 바짝 긴장해서 움츠리더니
슬며시 긴장 누그러뜨린다.
나도 모르게 검지 들어
사랑스럽다는 듯 사알짝 토란잎 쓰다듬는다.
토란도 고양이마냥 앙알거리며 제 가슴 뒤집어 보인다.
뽀얀 혈관들 사이로
세상을 향한 호기심이 터질 듯이 얽혀 있다.
호! 하고 입김 불어주자
간지럽다는 듯 온몸을 흔들어댄다.
그 교태에 휘청, 세상이 흔들린다.
나는 무람없이 넥타이 풀고 양말 벗고
토란잎 무릎 베고 눕는다.
개운한 눈 떠보니
배냇저고리에 싸인 내가 토란 젖 빨고 있다.

빙긋 웃는 얼굴로 토란이 나를 내려다본다.
참 아늑하고 또 아득하다.

요강단지 난초 향

뒤꼍 무너진 돌담 측백나무 아래에는
햇볕이 들지 않았지요.
푸른 이끼와 눈도 없는 벌레가 좋아하는
쿰쿰한 냄새만 종일토록 피어났지요.
봄바람이 익어갈 무렵 그 자리에
할머니의 깨어진 요강단지가 던져졌지요.
할머니 쪼글쪼글한 젖가슴 만지고 싶을 때마다
뒤꼍으로 돌아가 눈물 훔쳤지요.
한참 그러고 있으면 흘깃 스며든 바람이
요강단지에 그려진 새파란 난초를 흔들고,
난초는 또 살금 시큼한 향 피워 올리지요.
시큼한 향에 취한 뒤꼍은 저절로 느슨해져서
눈물 너머 어렴풋이
요강단지 타고 앉은 할머니가 보이지요.
처음에는 감질나게 찔찔거리던 오줌 소리도
어머니의 그것처럼 쐐쐐 쏟아져 내리는데
가뭇없이 할머니 사라지고

뒤태 고운 처녀가 요강단지 깔고 앉지요.
오줌 소리에 깔리고 희컨 엉덩이에 놀라서
내 불두덩이 갑자기 볼록해질 때쯤
어둠이 슬슬 발목을 간질이며 응큼하게 밀려들지요.
선득하지요, 뒤꼍에서 황급히 물러나는 시간은.
왜 하필 그렇게 찾아오셨을까요.
뒤꼍 무너진 돌담 측백나무 아래
그 쿰쿰한 냄새 속으로, 할머니는.

산죽이 온몸으로 키득거리는 동안

안산 성호기념관 뜰에서
1억년 전의 초식공룡과 뛰논다.
내가 발자국을 찍으며 달아나자,
새끼공룡도 발자국을 찍으며 따라온다.
울창한 숲에 채 이르기도 전에
근처의 탁한 공장이 검은 기침을 쿨룩쿨룩 쏟아낸다.
민방위훈련을 착실하게 잘 받은 시민답게
나는 반대편으로 납작 엎드려 피한다.
몇걸음 떼지 못하고 '어, 어' 주춤거리는 새끼공룡을
검은 기침이 발목을 낚아채서 끌고 가버린다.
황망한 눈으로 1억년을 헤매고 있는데,
누군가 가만히 등을 찔러온다.
한 3천년 동안 청동기시대 지석묘 속에서
잘 풍화된 뼛가루들이다.
일곱 명이 나란히 손가리개를 하고 누워
바람의 꼬리를 잡아 산죽의 허리를 간질이고 있다.
산죽이 온몸으로 키득거리는 동안

새끼공룡의 발자국이 슬금슬금 뭉개지고
지석묘가 비스듬히 기운다.
역사가 펼쳐놓은 잔상들을 지그시 껴안으며
서둘러 일몰이 밀려온다.
아찔하다.
있고도 없는 풍경이 속절없이 무너지는 저녁.

견우(牽牛)

거름 치다 돌부리에 차여 엎어진 그는
땅바닥에 포섭된 사람처럼 길게 엎드린 채
정말 쪽 소리 나게 땅바닥을 빤다.
땅바닥이 어질어질 흔들리는 듯도 싶다.
가느다란 신음이 새어나오는 듯도 싶다.
그의 입이 혹 성기였을까?
땅바닥에 한 줄금 선혈이 비친다.
구경거리 났다는 듯 구름들이 밀려오자,
그는 다소 쑥스러운 낯빛으로 슬금슬금 뒷걸음친다.
선연한 핏자국이 섭섭한 듯 점점이 그를 따라나선다.
그는 대지 깊숙이 무슨 사랑을 심은 것일까.
그의 과수원에서 따온 복숭아를 맛본 사람들마다
휘청휘청 천상으로 기우는 파란(波瀾)에 젖는다.

달팽이

  이라크에서 포성이 쫓아오던 날부터 갑자기 나는 귀를 잃어버렸다. 누군가의 말을 들으려고만 하면 내 귓속에서 달팽이가 먼저 기어나온다. 그러고는 내가 들어야 할 말들을 낼름낼름 핥아먹는다. 무슨 말이든 가리지 않고 다 삼켜버린다. 나는 상대방 입을 보면서 말의 뒤끝이라도 낚아채려 애쓰지만 헛일이다. 달팽이는 말의 뒤끝마저도 홉! 빨아마신다. 이런 달팽이가 다른 사람들 눈에는 전혀 보이지 않는 모양이다. 달팽이를 잡아채기 위해 용쓸 때마다 사람들은 자못 감탄스러운 눈길로 나를 바라본다. 침묵의 시인이라 부르며 나를 따른다. 내 속에서 말의 집이 부러져버린 것도 모르고.

제2부

집이 떠나갔다

집이 떠나갔다.
아버지 가신 지 딱 삼 년 만이다.
아버지 사십구재 지내고 나자,
문득 서까래가 흔들리더니
멀쩡하던 집이 스르르 주저앉았다.
자리보전하고 누워 끙끙 앓기 삼 년,
기어이 훌훌 몸을 털고 말았다.
나는 눈물 흘리지 않았다.
하필이면 이렇듯 날씨 매운 날 가시는가,
손끝 발끝이 시려왔을 뿐이다.
실은 그날 이미 알고 있었는지도 모른다.
아버지 숨소리 끊기자 모두 다 빛을 잃었다.
아버지 손때 묻은 재떨이와 붓, 벼루가
삭기 시작했고 문고리까지 맥을 놓았다.
하여 사람들은 집이 떠나감을
한 세계가 지는 것이라 하는가.
두 손 모두어 경배하고
나이 마흔넷에 나는 집을 떠난다.

가을 화엄사

　구례 화엄사에 국보 좀 만나러 찾아갔더니 국보는 벌써 절을 떠난 뒤더라. 세계에서 제일 크다는 석등도, 우람한 각황전(覺皇殿)*도, 각황전 속 영산회 괘불탱도, 신비롭다는 네 사자 삼층 석탑도 다 없고 여기저기 교태 부리는 단풍들만 와자하더라. 절집 구경 온 사람들 사진 찍는 뒷줄에 서서 무어라무어라 수군거리는 가을볕만 징그럽게 반짝이더라. 하 서운한 맘 서러운 동백이 다독이는데, 홀연 보이더라. 각황전 자리 뒷담의 푸른 이끼들 장엄하더라. 푸른 화엄 환하게 일으켜서는 고단한 화엄사 지그시 에워싸더라.

* 국보 제67호이며 지금까지 전하는 목조 건물 중에서 가장 크고 웅장하다. 각황전 앞뜰에 서 있는 석등은 국보 제12호로 통일신라시대 작품이며 높이 6.3m, 직경 2.8m로 우리나라에서 가장 크다. 각황전 왼편 언덕에 서 있는 네 사자 삼층 석탑은 국보 제35호이며 화엄사를 창건한 연기조사가 세웠다고 한다. 각황전 안쪽 뒤편에 있는 영산회 괘불탱은 1997년 국보 제301호로 지정되었다.

기억의 그늘

요 며칠 사이 알 수 없는 일들이 잇따라 벌어졌다.
그제는 먹다 둔 약봉지가 슬근 사라지더니
어제는 연극 티켓이 숨고,
오늘은 세면대에 놓아둔 면도기가 도망갔다.
말로만 듣던 사차원이 열린 것인가,
흔적들이 말끔하게 지워졌다.
서늘한 대자리에 누워도 잠이 오지 않는다.
왜 하필 나에게 사차원이 찾아오나?
부시 같은 놈들이나 잡아갈 것이지.
아니면 미움이나 기아를 빨아가든지.
공상을 펼쳐든 채 부시럭부시럭
뒤척이다가 생각을 고쳐 잡는다.
사차원이 그런 몹쓸 것들을 빨아들여서 뭐하게?
거기라도 깨끗해야 피안이지.
어영부영 암전에 들었는데 꿈결엔 듯 헛것인 듯
그동안 잃어버린 것들이 눈앞을 썩썩 날아다닌다.
설마 내 잠자리가 불쑥 꺼지는 건 아니겠지?

혼몽함 속에도 두려워 아내 손 잡아끌어 꼭 쥔다.

존재 저편 세계라도 아내랑 함께라면 뭐 견딜 만하겠
지 하고.

감자 분

감자도 고구마처럼 줄기를 내릴까 싶어
페트병 잘라 물 붓고 그 위에 올려놓았다.
처음에는 싹눈이 나와 자리잡는가 했더니
웬걸 제 몸뚱이만 둘러쌀 뿐,
종내 줄기 뻗지 않았다.
내 종자가 속에서 울어요, 땅에 묻어줘요.
지나칠 때마다 신경 가닥 건드렸지만
살고 싶음 지가 줄기 뻗어야지
고집 피우며 듣는 둥 마는 둥했다.
감자도 더이상 아무런 전언 보내지 않았다.
그러구러 잊고 지난 어느날이었다.
이상한 냄새가 나 둘러보니
감자가 제 가슴살을 헐어내고 있었다.
제 슬픔 썩여서 손톱만한 감자 알갱이
여기저기 삐죽삐죽 밀어올리고 있었다.
나는 숙연한 마음으로 그 감자 거두어
화분 하나 비우고 경건하게 모셨다.

감자 분(墳) 만들어드렸다.

얼마 후 감자 분 열고

새끼감자 몇알 빙긋이 굴러나왔다.

대수리

간에 좋대요, 아내 말 한마디에
옷핀 편 꼬챙이로 부지런히
대수리* 속살 콕콕 찔러 빼먹는다.
머릿속으로는 그 여린 생명 앗는 것을
송구스러워하면서도 솔깃한 유혹 물리치지 못한다.
머리와 유혹 사이 어중간한 공간을 비칠비칠 헤매는데
그림자 키워 창밖에서 그윽히 건너다보던
대추나무가 실실 키득거린다.
제 발치에 대수리 껍질 수북이 쌓아놓고
햇살 담뿍 머금어 푸른 대추 알알이
반짝반짝 살찌운 내 또래 대추나무,
간 없이도 건장한 어깨 들썩거린다.
민망해진 나는 그럴수록 더 빠른 손놀림으로
대수리 집어들고 꼬챙이 잇달아 쑤셔대는 것인데,
그러다보니 내가 대수리를 까먹는 게 아니라
대수리 스스로 내가 불쌍타는 듯
내 입으로 훌훌 날아드는 것만 같다.

제 몸 내게 기꺼이 보시하겠다는 듯
지들끼리 앞다투어 뛰어내리는 것만 같다.

* 전라북도 임실에서는 '다슬기'를 '대수리'라 부름.

정암사 열목어

 정암사 개울에 열목어 여남은 노닐기에 살금살금 내려갔지. 그저 약동하는 생명력이나 느껴볼라고 얼른 잡아 불끈 쥐었어. 보기와는 달리 파닥거리는 몸짓이 꽤는 실해서 절로 입이 벙그러졌지. 그때였어. 누가 내 귀를 젖은 헛바닥으로 핥아대는 거야. 하, 그 맛을 아나? 이 천연의 살덩이? 속셈을 읽힌 나는 깜짝 놀라 주위를 둘러보았어. 웬 스님 하나 내 곁에 부드럽게 떠 있는 거야. 고개를 끄덕이는 내 입속엔 이미 단침이 가득했지. 스님은 내게서 열목어 받아 들더니 먹기 쉽게 한쪽을 발라주었어. 나는 냉큼 받아 한입 떼어 물었지. 그러자 휘청, 스님의 몸이 흔들리더니 허리춤에서 진한 핏물이 배어나오는 거야. 별일 아니라는 듯 열목어는 입만 뻐끔거리고.

청계동

저녁 이내 게으르게 몽긋거리는 산모퉁이 묏등에 등을 기대자 이승과 저승의 경계가 풀린다. 어머니의 음성이 귓바퀴를 간질이고 큼큼 아버지의 헛기침 소리도 들린다. 살아 있는 나는 한가로운데 가신 이들이 오히려 부산스럽다. 쌀뜨물을 내리는가 하면, 쇠죽도 뒤적거리고 장작도 팬다. 일상이 하나도 변하지 않았다. 흐뭇하다. 도와드려야지 하고 일어서는데 나는 이미 장작을 패고 있다. 정재에서는 어머니 같은 아내가 밥을 안치고 있다. 나와 아내로 몸만 바뀌었을 뿐 행동거지는 아버지 어머니 그대로다. 누가 아버지이고 나인지 어머니이고 아내인지 구별되지 않는다. 그저 흔연스럽다. 어디선가 웅얼웅얼 나를 부르는 소리 들린다. 밤이슬로 등이 축축하다.

북악 고래

종로3가에서 귀신고래를 보았다.
수많은 차량들 속에서 광화문 쪽으로 헤엄치며
파란 신호를 기다리고 있었다.

처음에는 한마리뿐이더니
때마침 바닷바람 소리 같은 돌풍 불어와
종로에 넘실 바다 냄새 자욱해지자,
골목골목에 숨어 있던 고래들 다 쏟아져나와
시위대처럼 종로거리를 온통 점령해버렸다.

어떤 놈은 지느러미와 꼬리로
고래를 살려주세요라고 쓰고
또 어떤 놈은 온몸을 흔들어
고래는 본디 사람과 같은 종족이다라고 썼다.
맨 앞에 선 놈은 종로바닥이 들썩이도록
제법 가열차게 고래 선동가를 불러대는 것인데
귀기울여주는 이는 아무도 없었다.

파란 불이 들어오자 많은 차들에 섞여

　무리 진 고래들이 광화문 쪽으로 우 몰려갔는데

　이순신 장군상에 놀랐는지 아니면 매연이 고통스러웠
던지

　길게 한번 소리를 내지르고는 홀연 귀신처럼 사라져버
렸다.

　때마침 슬금슬금 몰려온 스모그로

　서울이 온통 뿌연 연무바다에 빠지자,

　북악이 들썩들썩 점점 고래가 되어갔다.

우리 밟고 가는 모든 길들은

1

길 위로도 길이 지나고 길 아래로도 길이 지난다. 이 평범한 사실을 깨달은 게 그리 오래지 않다. 사람도 웬만큼 나이를 먹으면 예지가 번득이는 모양이다. 어느날 갑자기 길이 느껴졌다.

2

내 말이 믿기지 않거든, 내가 시키는 대로 한번 해보라. 저녁 어스름 얕게 깔리는 시각, 오래된 느티나무에 등을 기대고 반드시 동남방을 향하여 오줌 줄기를 세울 것(나무는 느티나무가 아니어도 상관없을지 모른다. 단지 오래되어 신령기가 느껴지는 나무라면). 그리고 골고루 당신 주위에 뿌릴 것. 마치 비의(秘儀)를 집행하는 접신자처럼. 그리하면 틀림없이 당신의 발밑에서 신음소리 같은 게 들려올 테니. 그때 눈 쫑긋 세워 둘러보면 마침

내 보일 것이다. 당신 발 아래 웬 사람의 어깨가 놓여 있음을. 걸어온 길 돌아다보면 그 길이 실은 수많은 사람들의 어깨와 등과 머리였음을. 거기에 화인처럼 찍힌 당신의 익숙한 발자국들을.

3

곤혹스러워 발 떼려고 할 때, 분명 당신 어깨가 시려올 것이다. 고개 들어 처다보지 않아도, 누군가 당신을 밟고 지나가는 게 선득하게 느껴질 것이다. 어르신들이 유달리 어깨가 시리다 하고 등이 저리다 함은 다 이 때문이다. 살아오신 동안 너무 많은 사람들에게 어깨나 등을 내맡겼던 것이다.

시인전(詩人傳)

그는 늘 잘못된 세상을 바로잡고자 했으나 나오는 말은 언제나 불평뿐이었다. 불평에 불평이 거듭되자 그의 마음은 자꾸만 말라갔다. 그러던 어느날, 그의 마음속으로 홀연히 까치가 한마리 날아들었다. 우리 주변에서 흔히 보던 바로 그 까치였다. 까치는 깃들여도 좋을까요 하는 눈빛을 보내왔다. 그는 귀찮다는 몸짓으로 마음 한켠을 비워주었다. 이끼 긴 돌무더기만 가득한 곳이었다. 까치의 날갯짓은 참으로 날랬다. 둥지를 짓는가 싶더니 곧 하늘을 열어 볕을 잡아끌었다. 밭을 만들고 비를 일으켰다. 까치는 맑고 기름진 말의 씨를 뿌리더니 가꾸기 시작했다. 말은 금방금방 자라났다. 말은 수많은 봉오리를 맺고는 이내 꽃들을 터뜨렸다. 그가 한번도 맡아보지 못한 따뜻한 향기가 마음밭에 차올랐다. 그는 그제서야 퍼뜩 깨달았다. 본래 말이란 것은 이렇듯 황홀한 꽃이었구나 하고. 그러자, 문득 까치가 까작 하고 날아오르더니 홀연히 사라져버렸다. 까치를 따라 그의 마음밭에 심어져 있던 불평들이 점차 자취를 감추었다. 깎이고 뒤틀린 말들도 무너지고 사라져갔다. 나중에는 거름으로 바뀐 덤불만 남았다. 얼마 후 그의 마음에도 까치밭의 말들이 건너와 싹을 틔우기 시작했다. 그는 몸이 참 가벼워짐을 느꼈다. 그때부터였다. 사람들은 그를 시인이라고 불렀다. 시인, 영혼이 투명해지는 이름이었으므로 그는 기꺼이 받아들였다.

귀향

그러니까 그게 언제쯤인지는 잘 모릅니다. 가수 김현성이 상허 선생 맺힌 한을 노래로 풀어낼 때인지, 김준태 시인이 "무릎을 꿇어 그대를 바라"*볼 때인지. 하여튼 문학제를 찾은 이들이 마음 가득 상허 선생을 모시고 있을 무렵인데…… 문득 큰바람 불어 현수막이 찢어질 듯 나부끼자, 상허 선생 흉상이 손을 뻗쳐 비문과 비갓을 정성스레 쓰다듬는가 싶더니 슬근 몸을 움직여 비(碑) 속으로 쏘옥 들어가시는 것입니다. 반짝 윤나는 오석 가운데에 들어앉아 후배 문인들과 철원 너른 들을 휘이 둘러보시는 것도 같습니다. 내가 지금 헛것을 보나 싶어 옆에 앉은 이의 옆구리를 툭 쳐 가리키자 그도 또한 보았는지 신기해하는 낯빛입니다. 선생은 비 속이 마치 오래 살아온 집이라도 되는 듯 아주 평온한 눈빛입니다. 점심 참에 무속 시인 우열 형이 상허 선생이 말년에 중풍으로 고생하신 것 같다 하였으나, 그렇게는 안 보이고 조금 초췌할 뿐 아주 정갈한 자취를 내비칩니다. 비로소 선생은 전생(全生)의 무게를 내려놓으신 걸까요. 대지에 안긴 비 속으

44

로 비무장지대를 건너온 두루미들이 날아들고 있습니다.

    * 김준태의 시 「기러기 날아오는 가을에—상허 이태준 선생 탄생 100주년에 바치는 노래」 중에서.

계족산

1

가섭*이여, 가섭이여
두터운 산을 깨고 눈떠 보시라
기다리지 마시라, 해방세상 미륵불은 너무 멀어라
다만 오늘 여기 뼈저리게 당신을 부르는
캄캄한 마음들 속에 뒤엉킨 인연 흐득이고 있으니
일어나라, 가섭이여
당신에게 맡겨진 석가모니의 깨달음 잘게 찢어서
저 고단한 믿음들에게 골고루 뿌려주시라

2

한없이 머리를 조아리던 고단한 믿음들이 기다리다 지쳐 우 계족산으로 몰려갔더라. 하지만 계족산은 이미 거칠게 풀어헤쳐진 뒤라, 거기에 가섭은 없고 찢어진 깨달음만 흰나비처럼 나풀나풀 날아가더라. 허공에 뽀얗게

흩어지더라.

* 미래불인 미륵불이 이 세상에 와서 계족산을 열어줄 때까지,
  석가모니로부터 맡겨진 가사를 미륵불에게 전하기 위해 석
  가모니의 제자 가섭은 계족산에 계속 머무른다고 한다.

제3부

산수유

놀라운 봄볕이 스을슬
다가와 조근조근 유두를
깨무는 아침,

간지러운 관능이
금빛 혀를
뾰족뾰족 빼문다.

호르르 노란
불붙은 거웃들
일렁이는 산수유.

달큰한 환희에 젖어,
지상에서 하늘로
휘얼훨 날아오르다.

초유(初乳)를 흩뿌리는
산모(山母)의 눈부심이여.

사람만이 희망인가

사람만이 이 땅의 희망인가
사람의 마음만이 세상의 중심인가
그렇다면 세상의 변두리에서 오히려 중심이 되는
저 모진 생명들은 다 무엇인가.

하찮은 풀의 마음도 우리와 같아서
거기서도 한 세상이 태어나고
나무 한그루의 사랑도 우리와 같아서
간절한 그리움으로 몸이 마른다.

안개 자우룩이 피어나는 어느날 새벽,
세상의 뿌리를 가만히 내려다보라.
풀과 나무까지 안쓰럽게 보듬고 선
한 어미의 다감한 근심이 뒤척이고 있을 것이다.

거울

간짓대에 얹힌 눈이
차분한 햇살을 못 견디고
사르락 떨어진다.
적요의 팽팽한 떨림 속으로
댓잎 하나가 사부작이 날아든다.

열다섯 되는 새해 아침,
이 닦다 말고
오금이 저릴 때까지 쭈글치고 앉아
먼 미래를 건너다본다.
참 많이도 쇠락하였다.

"이 닦다 말고 뭐 해요? 새해 아침에?"
아내의 핀잔에 깜짝 깬
눈 들어 거울 들여다본다.

웬 낯선 이가 치약

허옇게 묻힌 몰골로
저 먼 과거를 내다보며
망연히 서 있다.
부푼 솜털 시리다.

빨래

잔뜩 부푼 빨래들이 눈부시다.

빨랫줄 잡고 나란히들 서서
어지러운 세상을 향해
햇살의 노래를 불러대고 있다.

외출 나간 몸뚱이들이
게슴츠레 기어들기 전까지는,
저렇게 널린 채로 씽씽할 것이다.

어느 저녁 나절,
옥상에 나부끼는 빨래 보거든
못 본 체 숨죽이고 지나가라.

깨달음이 환하게 익어가는 중이니.

눈으로 소통을 긁다

폰팅 2077-4888.
지하철 4호선 문 귀퉁이에 못으로 눌러쓴 글씨,
를 무심히 읽는다.
출근길 눈 둘 곳 없는 사람들 서서,
나처럼 눈으로 소통 긁는다.

폰팅 2077-4888,
지우고 자기 번호 못으로
꾹꾹 눌러 새긴다.
소통에 목마른 자들이 쇳소리 긁어대자,
지하철도 고통스럽다는 듯 새된 소리 길게 끈다.

지하철 문이 열리고
불능의 시간들이 막무가내로 밀고 들어온다.
눈 닫히고 귀마저도 막히는
오전 아홉시 혜화역,
헉.

천지간

세상 모든 근심
선득선득 사라지는
청정한 대밭 속에선
내 그림자도 참 큰 허물이다.

그림자에 놀라
가지런한 댓잎들
부르르 떨리는 순간
나는 선뜻 구름도 되고
사박사박 댓잎에 떨어지는
빗방울도 된다.

자재(自在)의 눈물
번개처럼
대나무 타고 흐르자
땅거죽 밀치고
홀연,
본능 눈뜨다.

박용래

애기똥풀 이파리 하나 따자
박용래의 눈물이 쏟아진다.

이 에린 것의 순결을 보란 말이어.
애기의 눈망울이 방울방울 떨어진다.

시인은 저 멀리 별나라로 살러 갔으나
안쓰러운 눈물은 여전히 청신하다.

여기 아무런 돌담이든 착실하게 스미어
푸릇푸릇 애기볕들 키운다.

물총새

반짝이는 물빛을 따라 어진혼이 나가는 대낮.
물총새 한마리 바위에서 물속 하늘 훔쳐보다가
제 몸, 화살처럼 내리꽂는다.
그렇게 재빨리 내달으면 틀림없이
그 깊은 하늘에 닿을 줄 알았던 게지.
"첨벙, 첨벙, 첨벙"
죽어라 몸 날리고 맨부리로 올라오는 저 물총새,
아무리 애써도 깃만 젖는다.
왜 모를까, 저 물총새.
제가 찾는 게 저 푸른 하늘 아니라,
주린 배 풀어주는 한마리 물고기임을.

대낮

맞다, 성남아.
햇살 눈부신 날 오히려
슬픔이 목구멍을 넘어오고
그리움이 눈가에 맺힌다.
어찌 멀쩡할 수 있으리.
습한 얼굴 선연히 밟혀오는
이 환장할 대낮.
원주 길을 달리다가 너는 기어이
오열을 터뜨리고야 말았다.
그때 부산에서 진섭이도
틀림없이 속울음 삼키고 있었을 것이다.
철창 열고 스며들어간 내 깊은 눈물로
독방 안이 온통 눈부셨을 터이니.

문턱

이승과 저승을 가르는 것은
목숨이 아니라 문턱이다.
문턱 넘을 때마다
나는 늘 아슬아슬하다.
꼭 문턱이 손 내밀어
발을 채가버릴 것만 같다.
바가지 깨고 문턱 넘어간 뒤에도
평생 겁에 짓눌린 사람들,
밤마다 문턱에서 솟구쳐나와
서럽게 흐느끼다 돌아간다.
달리 해줄 게 없으므로
나는 숨죽인 채 듣고 있을 뿐이나,
새벽에 일어나 맞게 되는
젖은 문턱은 통증으로 시큰하다.

제4부

대밭

어머니 아버지 누워 계신 대밭 속으로 하얀 달빛 스미자, 싸드락싸드락 눈 밟는 소리 들린다. 이 밤중에 게 누구신가 뒷문 열고 바라보니, 환한 달빛 받으며 꼬마 애들 둘이 신랑각시 소꿉장난에 빠져 있다. 얘들아, 추운 눈밭에서 뭐하니? 들어와 놀아라! 내 목소리 잠겨서 말 되어 나오지 않고, 아이들 까르륵 숨넘어가는 웃음소리만 대밭에 가득하다.

발뒤꿈치 치켜들고

나는 시를 어떻게 써보겠다고 생각해본 적이 없다. 그냥 썼다. 시건 달콤하건 쓰건 씌어지는 대로 여기저기 갖다 널었다.

그러면 어쩔 때는 햇볕이 다가와 쓰다듬고 가고 또 어쩔 때는 빗줄기가 한 줄금 내리그었다. 간혹 맞바람쳐와 뒤집어지는 날도 있었다.

며칠 전이었다. 이성복 시인이 '아, 입이 없는 것들'로 내 눈두덩일 냅다 후려갈기며 속삭였다. 알겠어?

순간, 온몸에 소름이 쫙 끼치더니 신경줄이 팽팽하게 당겨졌다. 단어 하나가 퍼뜩 떠올랐다. 긴장!이었다.

나는 그제서야 깨달았다. 시는 발뒤꿈치 바짝 치켜들고 써야 하는구나, 풀 잔뜩 먹여 햇볕 쨍쨍한 날 빨랫줄에 널어야 하는구나 하고.

친구와 점심 먹으며 나는 진지하게 긴장을 늘어놓았다. 친구는 간장 대신 긴장을 쳐대는 나에게 연신 고개를 끄덕거렸다.

그날 밤, 나는 밤새도록 토사곽란에 시달렸다. 긴장이 그만 내 속을 발칵 뒤집어놓았던 것이다.

길의 집

풀이슬 포르르 떨어져 싱그러운 새벽, 나는 길을 따라 나선다. 어디로 갈 것인지는 나도 모른다. 그저 길에게 몸을 맡겨둔다. 길은 아무데로든 달려간다. 길은 마치 아지랑이처럼 흔들리며 나아간다. 가다가 구름을 만나 잠시 쉬어가기도 하고, 너무 더우면 산자락에 숨어들어 풋잠에 빠지기도 한다. 길은 내가 저를 다잡으려 하기만 하면, 저 숲속 어딘가로 달아나 숨어버린다. 매미가 맴맴 아득하게 울어대는 낯선 풍경 속으로 나를 풍덩 빠뜨려버린다. 나는 하아하아 밭은 숨을 내뱉으며 헤엄치다 문득 맥을 놓는다. 틀어쥐고 쫓아가는 게 아니라 나를 맡겨두어야 하는데. 나는 가지런히 숨을 고르며 처음으로 다시 돌아간다. 평온하게 발 내려 길을 더듬는다. 그러면 길은 다시 긴 숨을 내쉬며 어둠을 건너간다. 혼미를 타고 온갖 환영들이 나에게 밀려들지만 나는 이제 흔들리지 않는다. 길은 이렇게 달려 마침내 어디에서 멈출까. 길의 집은 어디일까.

숨은 신

1

솔향기 싸하게 숲길을 훑고 다닐 때 그믐달의 처음 빛
살 막 땅에 내리면 나와 너 혹은 이것과 저것, 나와 저것
사이의 경계가 흐릿해지지요. 은근슬쩍 여시가 사람이
되기도 하고, 올가미를 걸어 여자 목숨 몇을 삼킨 나긋한
소나무가 남정네를 홀리기도 하지요.

2

송이를 딴다고 나갔다가 다음날 절벽 아래에서 발견된
순기 아재는 뜬금없이 귀신을 만났다고 했지요. 사람이
라면 그렇게 뽀얗고 고울 수가 없는 거라고. 입설에서 솔
향내가 얼마나 진하게 났는지 아느냐고. 사람이라면 입
한번 맞추었다고 이렇게 순식간에 마를 수는 없는 거라
고. 보건소에서 왔다 간 의사는 그저 열병이라고 했지만,
순기 아재는 골방에서 스무하루 동안이나 탈진한 사람처

럼 끙끙 앓으며 귀신과 지냈지요.

3

아주 오랫동안 순기 아재는 관솔불을 끔찍이도 싫어했
지요. 호롱에 기름이 떨어지면 차라리 어둠속에 잠겼지
요. 호기심을 참지 못해 어느날 관솔불이 무서우냐고 물
어보았지요. 순기 아재는 마른 입술 축이며 퀭한 눈으로
말했지요. 관솔불 타는 너울에서 번져나오는 정념이 얼
마나 지독한지 네가 어찌 알겠니.

4

솔향기 진하게 흐르는 그믐밤 달 뜰 무렵, 부러 뒷양지
솔밭 속을 헤매다녔지요. 소나무든 뭐든 그저 나무일 뿐,
신령기라곤 전혀 없었지요. 삭정이에 얼굴만 긁힌 채 산
을 내려오는데, 마침 한가닥 구름이 달빛을 가리며 지나

가고 있었지요. 발을 헛딛고 휘청하는 순간, 목덜미에 따스한 입김 같은 게 부어지더니 마음속으로 말들이 흘러들었지요. 하늘과 땅을 온통 탐욕의 전깃불과 전파로 지져놓으니 신령인들 온전하겠나? 넘나들지 못하니 그저 메말라갈 밖에.

자장(慈藏)의 지팡이

1

어느날 종로거리에 저승꽃 번져 새카만 스님 하나가 나타나더니 꾀죄죄한 지팡이를 들고서 부지런히 사람을 쫓아다니는 것이었다. 부딪는 사람마다 귀찮다고 소매 털어도 쉽게 놔주지 않았다. 간절하지만 광기 서린 눈으로 불쑥 지팡이를 내밀며 말했다. 이 씨앗 가지려나? 새 생명이 들었다네. 이 씨앗을 심으면 우주가 열린다네. 사람들은 욕지거리를 퍼부었다. 심지어는 침을 퉤 뱉거나 발길을 내지르는 사람도 있었다. 그러거나 말거나 그는 열심이었다. 백여드레 동안 하루도 빠짐없이 길거리를 떠돌았다. 그러다가 백여드레가 저물고 백아흐레가 밝아올 즈음 쯧쯔 혀를 차더니 홀연 사라져버렸다. 그후로 세상에는 괴질병이 곳곳에서 나돌고, 큰물이 거리를 휩쓸었으며, 까닭 없는 분쟁이 꼬리에 꼬리를 물고 번져나갔다.

2

　까만 산 속에 안온하게 자리한 정암사 적멸보궁 옆에
는 자장의 지팡이가 자라는데요, 말라비틀어진 껍데기를
벗고서 아주 창창한 주목 하나 되었는데요, 보기만 해도
맘이 환해서 전혀 딴 세상에 이른다네요.

끝나지 않는 다큐멘터리

1

텔레비전에서 기괴한 다큐멘터리가 방영되고 있다. 내레이터도 없고 자막도 나오지 않는다. 나는 아무 생각 없이 눈길을 주고 있다.

2

물이 밭은 강가 나뭇가지에 웬 넝마들이 줄줄이 널려 있다. 웃통 벗어젖힌 군인들이 무표정하게 새 넝마들을 갈쿠리로 끄집어올려 나뭇가지에 걸쳐놓고 있다. 무심하다. 그 손길에는 아무런 감정도 실려 있지 않다. 축 처진 넝마들을 향해 깝죽깝죽 까마귀들이 다가온다. 까마귀들은 망설임 없이 부리로 콕콕 찍어 넝마들을 헤친다. 그때다. 까닭 없이 내 몸 여기저기에서 통증이 솟구치기 시작하더니 걷잡을 수 없이 퍼져나간다. 나는 방바닥을 떼굴떼굴 구른다. 구르면서 보니, 몸피 꾀죄죄한 아낙 하나가

물길에 막 발을 디밀고 있다. "조심해요!" 나도 모르게
소리지른다. 하지만, 아낙은 얼마 못 간다. 휘청 쓰러지
더니 좋내 일어나지 못한다. 내 눈에서 갑자기 눈물이 주
르륵 흘러내린다.

　　3

　사람들은 내 눈을 쳐다보다가 깜짝깜짝 놀란다. 내 눈
에서 끊임없이 그 다큐멘터리가 방영되고 있기 때문이다.

치자꽃 입술

잘 키우던 강아지를 누군가가
데려가기라도 한 것처럼 허전하고 아리다.
죽어가던 치자꽃 뿌리를 갈라 살려낸 화분이어서일까.

사라진 화분 자리에 고인 잔흙덩어리를
그리움의 잔해인 것처럼 안타깝게 문질러본다.
내 손에 닿는 감촉이 빨갛다.

혈육의 정을 그 자리에 쏟아놓고 간 것일까.
스스럼없이 떠오른 말 때문에 그만 섬뜩해진다.
내가 언제부터 사람보다 식물을 더 귀하게 여겼을까.

너덜너덜해진 아이의 주검 안고 흐느끼는
이라크 여인의 눈물이 홀연 치자꽃에 떨어진다.
치자꽃 하얀 꽃이 입술 깨물어 빨갛다.

수덕사

좀 모자란 듯한 행자승과 노스님이 경내를 거닐고 있다. 다리 절룩이는 노스님을 부축한 채 행자승이 뭔가를 한참 보챈다. 노스님은 이 말에도 허허 그놈 참, 저 말에도 허허 그놈 참이다. 대웅전 앞으로 낙엽이 쓸려가며 행자승의 뒤꿈치를 툭 건드린다. 기척에 놀란 행자승이 노스님의 소매를 잡아끈다. 봤죠, 나뭇잎도 동무해서 놀자고 하지요? 빨리 나아요? 노스님은 가타부타 말없이 처마 끝에 매달린 풍경만 바라본다. 마음은 이미 저만치 하늘 위를 헤쳐가고 있다. 풍경 소리가 참 아스라하게 멀어진다.

첫눈

1

이 저녁 올 들어 처음으로 눈이 내린다. 따스한 가로등 불빛 아래로 난만히 떨어지는 눈발에는 많은 기다림이 스며 있다. 젊은이들은 절로 어깨를 들썩거린다. 환희다. 저 얼굴들 너무 환하다. 나는 참으로 오랜만에 아늑함을 느낀다. 내 뭉개진 눈자위로 물방울이 하나 맺힌다. 그 물방울 속 너머로 아내가 보이고 봉이, 난이의 얼굴이 비 낀다. 내 얼굴에 간지러운 파동이 인다. 온몸이 조금 따 스해진다. 혀를 움직여 입술 녹이자, 아내의 노랫소리가 들려온다. 비둘기처럼 다정한 사람들이라면 포근한 사랑 엮어갈 그런 집을 지어요. 노래가 다 끝나지도 않았는데 왠지 아내의 얼굴이 일그러진다. 계속 불러요. 듣기 좋은 데. 찬 공기를 흩뜨리는 내 입김이 자꾸만 약해진다. 봉 이야 난이야, 속울음으로 불러보는 새끼들은 자꾸자꾸 멀어지고 여기는 지금 어디인가. 내 마른 어깨가 몹시 가 볍다. 눈이 참 따사롭다.

2

김씨가 딱딱하게 누워 있는 나무 벤치 위로 펑펑 내린
눈이 두텁게 쌓인다.
마치 따스한 솜이불을 덮고 있는 것처럼 보인다.

검은 새 날아다니는 저녁

검은 새가 하늘을 까맣게 물들이더니
급기야 나무와 나무 사이를 휘젓고 다닌다.
거꾸로도 날고 유에프오처럼 공간을 튕겨버리기도
한다.

히치콕의 새처럼 무서운 속도로 검은 새가
획, 내 눈 속에 들이닥친다.
깜짝 놀라 나뒹굴며 보니
나처럼 많은 사람들이 나뒹굴고 있다.

숨죽여 날아가던 나비를 검은 새가 날렵하게 낚아챈다.
다른 새들이 지상에 내려와 쓰레기통
뒤지는 까닭을 비로소 알 것 같다.
하늘에서 다른 새들은 더이상
검은 새의 맞수가 되지 못한다.

보라, 저기 또 일제히 검은 새 뜬다.

검은 새가 흘린 살점 하나 놓고 나눠 먹는
마로니에공원 노숙자들 어깨를 후벼 파며
탐욕에 부푼 검은 비닐봉지들,
활기찬 날개 퍼덕이어 날아오르는 중이다.

연등

내 몸이 아프고서야
비로소 목숨 귀한 줄 알다.
흘리듯 지나친 숱한 생명들,
꽃, 풀, 새, 나무, 물고기…… 그리고 사랑까지
어느 것 하나 새삼 소중치 않은 것 없다.
내 숨구멍에서 하! 하는 탄식음 터지자
내 몸 저 깊은 곳까지 한 우주가 팽창한다.
병이 내게로 온 까닭은
이렇듯 내 마음자리에 맺히는 인연마다
연등 하나씩 골고루 걸어두라는 뜻인가.

제5부

설날 기침

까치야, 헌 이 줄게. 새 이 다오. 까치야, 까치야, 새 이
다오. 목청껏 외치지만 말이 되지 않는다. 목울대를 넘어
온 말들은 입을 벗어나는 순간, 가래 끓는 소리가 되어
흩어진다. 김노인은 천장 밑에 바짝 달라붙은 지하 창 위
를 쳐다보며 망연히 누워 있다. 저런 망혈 놈, 슬날 아침
에 먼 지랄로 성깔을 부린댜? 그는 깜짝 놀란다. 분명 돌
아가신 어머님 목소리다. 두리번거리는 마음속으로 정경
하나가 툭 불거진다. 그는 장날 아버지가 사다준 검정 고
무신이 맘에 안 들어 앞니로 물어뜯고 있다. 눈물 글썽이
며 질겅질겅 씹고 있다. 갑득이는 씨이, 희컨 운동화 사
줬다는디. 울컥 싸한 전율이 스치더니 곰팡내 나는 방안
을 환하게 감싼다. 그래, 그는 부러 과장되게 고개를 주
억거린다. 육친의 그림자 너울거리는 세상 껴안을 수 있
는 추억만으로도 얼마나 큰 축복인가. 저 멀리서 울리던
까치 소리가 가까이에서 들린다. 오늘 내게도 뭔 손님이
찾아들라나. 싸늘하게 굳어가는 볼을 타고 밭은기침 한
방울 툭 떨어진다.

반포조(反哺鳥)

날선 마음을 배회하던 작은 까마귀가 말했습니다.
세상 사람들이 다 나를 잡아먹으려 하는데
도대체 나는 어디에 깃들여야 합니까?
스님이 조용히 말했습니다.
네 몸이라고 다 네 것은 아니니라.

핏발선 눈으로 작은 까마귀 씹어먹던 사람들이 물었습
니다.
먹어도 먹어도 내 탐욕은 끝이 없습니다.
도대체 어찌해야 여기서 놓여날 수 있겠습니까?
스님은 굳은 얼굴로 장삼을 걷어올리더니
아무 말 없이 한 볼때기씩 처돌렸습니다.

까무라친 사람들 가슴속으로
예쁜 까마귀가 한마리씩 내려앉고 있습니다.

사금파리

예전에 쓰던 오래된 장롱 서랍 밑바닥에서
마음에 박혀 있던 사진 하나가 불쑥 걸어나옵니다.
사금파리 반짝이는 봉숭아 뜨락 앞에서
찢어진 꼬까 고무신이 잔뜩 주눅들어 있습니다.

그 애는 이미 능숙한 일곱살짜리 색시였습니다. 사금
파리 위에 무엇을 올려놓든 화려한 밥상이 되었습니다.
그 조그마한 손놀림이 마술을 부리는지 흙은 밥이 되고
봉숭아잎은 맛있는 나물이 되었습니다. 그 애가 살짝 웃
으면 나는 이미 넉넉히 배가 불러서 그 애의 무릎을 베고
쓰러져 잠이 들었습니다. 매끈매끈한 무언가가 내 얼굴
을 스치는 것 같아 눈떠 보면 그 애의 해사한 눈동자가
깜짝이지도 않고 나를 내려다보고 있었습니다. 그럴 때
면 내 살을 타고 찌르르 전기가 흐르고 다급해진 나는 깜
짝 오줌을 지리곤 했습니다.

어느날 새벽, 스르르 사라져버린 그 애를 붙잡고 묻습

니다.

　너는 시방 어떤 곡절을 못 견디며 헤쳐가고 있느냐.

　애장터에 꿈을 누인 사금파리 내 색시야.

오대산 다람쥐

1

오대산 계곡 얕은 곳에 짐을 풀고 있을 때 다람쥐 두 마리가 나타났다. 우리가 짐을 풀건 물놀이를 즐기건 돌배나무에서 떨어진 돌배 주워먹으며 유유자적이다. 가끔씩은 우리가 던져주는 과자 부스러기도 찾아먹지만 그깟것 안 먹어도 그만이라는 듯 자재롭다. 한참을 지들끼리 놀더니 문득 허리를 곧추세우고 계곡 아래쪽을 향해 무어라고 옹알거렸다. 뭐지? 하고 둘러보았으나 아무것도 보이지 않았다.

2

오대산 입구의 산채나물 밥집에서 다람쥐 두 마리를 다시 만났다. 꽁지 빠진 것하며 틀림없이 그놈들인데, 이번에는 새장에 갇혀 있었다. 갑갑할 때면 쳇바퀴에 들어가 열심히 쳇바퀴도 돌리고 심심하면 빠져나와 옥수수를

갉아먹으며 자재롭다. 우리들 손길이 가까이 다가가도 눈 한번 깜짝하지 않는다. 한참을 그렇게 놀더니 문득 허리를 곧추세우고 오대산 계곡 쪽을 향해 무어라고 옹알거렸다. 뭐지? 하고 둘러보았으나 아무것도 보이지 않았다.

날개 달다

1

밤 12시, 고추잠자리가 한마리 창문을 넘어 날아들었다. 푸르르 푸르르 사방을 날아다니다가 문득 내 눈과 마주치자, 짐짓 날개를 접더니 내 어깨에 잠시 몸을 실었다. 녀석은 마치 무슨 할말이라도 있는 것처럼 내 귀에 대고 주둥이를 나불거렸다. 하도 맹랑한 일이어서 주춤거리다 조심스레 날개를 잡아 저 하늘로 날려보냈다. 녀석은 곧장 날아가지 않고 미련이 남은 꼬리를 살짝 흔들었는데, 마치 안녕 잘 있어 하는 손짓 같았다.

2

아침 밥상머리에서 그 할아버지의 부음을 들었다. 저기 아다다 할머니네 그 할아버지 있잖아요, 글쎄 그 할아버지가 어젯밤에 돌아가셨다네요. 문득 어디선가 고추잠자리의 날갯짓 소리가 들려왔다. 나는 고개를 들어 휘휘

둘러보았다. 어제 그 고추잠자리가 다시 들어왔나? 하지만 어디에도 고추잠자리는 보이지 않았다. 너무도 이상하여 아내에게 물어보려다 퍼뜩 깨달았다. 그렇게 날고 싶으셨던가. 평생을 내리누르던 꼽추라는 멍에를 벗고 그렇게 훨훨 자유롭고 싶으셨던가.

무인전

오늘도 저는 상승무공 하나를 익혔습니다. 제 간단한 혓바닥 놀림에 수많은 사람들이 정신을 빼앗기고 쓰러졌습니다. 산에서 내공을 기르고 무예를 닦는다는 기천문의 문주보다도 제가 더 날랩니다. 늘 저를 비우고 사는 탓에 제 몸은 사실 이제 깃털보다도 가볍습니다.

몸 붕 띄워 하늘을 날아다니거나, 땅 밑으로 숨어다니지 않으면 목숨 보전하기 정말 어렵습니다. 자본주의의 하수인들이 쏴대는 암기는 놀라울 만큼 빠르고 소리도 전혀 나지 않습니다. 자칫 허점을 보였다간 그대로 모가지가 날아갑니다. 산지사방을 향해 예민한 정보의 촉수를 뻗쳐놓아야 합니다. 심지어는 잠들 때조차 한쪽 눈 열어두지 않으면 안됩니다. 자다가 돌연히 목숨 잃었다는 사람들 셀 수 없을 정도로 많습니다.

엊저녁까지만 해도 심장 펄펄 뛰던 내 친구가 오늘 새벽 심장에 독을 맞고 쓰러졌습니다. 이제 살아남으려면 오히려 세상을 버려야 할 것 같습니다. 하여 모두들 인터넷 세상에 푹 빠지는지도 모르겠습니다. 아무런 흔적 없이 컴퓨터 속으로 사라지는 사람들이 늘어가고 있습니다.

눈줄기, 맑고 깊은
권영진 선생님께

가위눌려 버둥거리던 새벽 두시.
누군가 애잔하게 나를 쓰다듬는 것 같아 문득 깨어났다.
흐릿하고 은은한 빛살 하나가
막 희뿌윰한 창문을 넘어서는 중이었다.
그게 뭔지도 모르면서 나는
가늘게 뜬 눈으로 내 가까이에 잡아끌었다.
참 따스하고 맑은 눈줄기였다.
부산스레 떠돌다가 가슴 막막해진 몸으로 잠들 때면
내 꿈으로 들어와 나를 위무하던 눈줄기.
눈 부릅떠 세상과 맞서다 등 따스해져 돌아보면
먼발치에서 나를 어루만지던 눈줄기.
나는 그 눈줄기 가만히 내 안에 맞아들였다.
까닭 없이 눈시울이 뜨거워지더니
온몸에서 슬그머니 긴장이 빠져나갔다.
그때였다, 닫혀 있던 지각이 섬광처럼 터지면서
낯익은 얼굴 하나가 방안 가득 떠올라왔다.
그랬구나.

날 부른 그날 그 새벽 두시.

당신은 내 가슴에 나도 모르는

깊은 눈줄기 하나 심어두었구나.

결코 시들지 않을 당신의 말간 혼 덜어주었구나.

시 한 줌

소중한 시 한 줌
일찌감치 밭에 뿌리고
흐뭇하여 날마다 나와 바라다본다.

참 싹 더디게 난다.

며칠 지나자,
쫑긋쫑긋 귀 솟는다.

허겁지겁 봄 거름 낸다.

매일 아침 나 하는 양을
물끄러미 바라보던 이웃집 나의 하느님,

지나가는 투로
한 말씀 툭 던지신다.

먼 일루다가 그러코롬 열심히 잡풀을 키운댜?
것도 건강에 좋은 풀인감?

밭

　암시랑토 않다. 니얼 내리갈란다. 내 몸은 나가 더 잘 안디, 이거는 병이 아녀. 내리오라는 신호제. 암먼, 신호여. 왜 나가 요새 어깨가 욱씬욱씬 쑤신다고 잘허제? 고거는 말이여, 마늘 눈이 깨어나는 거여. 고놈이 뿌릴 내리고 잪으면 꼭 고로코롬 못된 짓거리를 헌단다. 온 삭신이 저리고 아픈 것은 참깨, 들깨 짓이여. 고놈들이 온몸을 두들김서 돌아댕기는 것이제. 가심이 뭣이 얹힌 것 맹키로 답답헌 것은 무시나 배추가 눌르기 땜시 그려. 웃배가 더부룩허고 속이 쓰린 것은 틀림없이 고추여. 고추라는 놈은 성깔이 쪼깨 사납잖여. 가끔썩 까끌허니 셋바닥이 돋는디 나락이여, 나락이 숨통을 틔우고 잪은게 냅다 문대는 것이제. 등허리가 똑 뿐질러진 것맨치 콕콕 쏘아대는 것은 이놈들이 한테 모여 거름 달라고 보채는 거여. 밍그적거리면 부아를 내고 난리를 피우제. 그려, 내 몸이 곧 밭이랑게. 근디 말여, 나가 여그 있다가 집에 내리가잖냐. 흙냄새만 맡아도 통증이 싹 사라져뿐진다. 신통허제? 약이 따로 필요 없당게. 하이고, 먼 지랄로 여태까장 그 복잡헌 디서 뀌대고 있었다냐 후회막심허지. 인자 내 말 알아들었제? 긍게로 나를 짠하게 생각허덜 말그라. 너그 어매는 땅심으로 사는 사람이여. 나가 땅을 버리면 아매도 내 몸뚱이가 피를 토할 거이다. 그러니 내 말 꼭 명심히야 써. 어매 편히 모시겠다는 말은 당최 꺼내지도 마라. 너그 어매 죽으라는 소린게로. 알겠제?

늦여름

밤 열한시, 아내는 기타를 퉁기며 "빛바랜 사랑이 되어 버렸네" 어쩌고 하는 노래를 부르고, 나는 그 곁에서 꾸벅꾸벅 졸고 있었다. 그저 착 가라앉아 있는 적요의 둠벙 사이를 비집고 불안한 음색의 노래가 떠돌아다녔다. 잠결에도 고음이 버겁다 싶은 순간, 기타 줄이 팅 튕기면서 내 졸음을 날려버렸다. 문득 되살아난 내 신경을 눈치채지 못한 모기 한마리가 종아리의 피를 빨아대고 있었다. 나는 짝 소리가 날 정도로 종아리를 내갈겼다. 미처 주둥이를 뽑지 못한 모기가 내 손바닥 안에서 몽그라졌다. 그때 낯선 별 하나가 우리 집 창문 쪽으로 풀썩 떨어졌다. 지친 몸뚱이 누일 공간 찾다가 짝 소리에 깜짝 놀라 발 헛디딘 것 같았다.

■

해설

시간의 그늘에서 느리게 걷기

임홍배

   1989년 시동인지『민중시』로 등단한 정우영 시인은 1990년대가 저물어가던 무렵 첫 시집『마른 것들은 제 속으로 젖는다』(문학동네 1998)를 상재하였고, 이번에 두 번째 시집을 선보인다. 두 시집을 함께 읽다 보면 지난 십수년간 가파르게 요동친 현실의 기복이 그의 시에 고스란히 새겨져 있음을 실감하게 된다. 현실변혁을 꿈꾸는 집단적 열망이 한 시대의 분수령에 도달한 싯점에 작품활동을 시작한 그의 첫 시집에는 억눌리고 소외된 사람들의 지친 삶을 보듬으려는 따뜻한 애정이 살아 있으며, 동시에 그런 삶을 강요하는 현실에 맞서서 세상을 바꾸어보려는 열정과 의분이 꿈틀댄다. 시인이 떠나온 고향으로 짐작되는 시골 마을에서 농사짓는 사람들의 이야기로 이어지는 '전라선' 연작이 그러하다.

> 하이고, 징그럽고 징헌 목숨이여!
> 하도 험하게 살아서
> 입에서는 단내가 풍풍 나고
> 가심에는 독덩어리가 갈앉았지.
> 그렸어, 이가 득득 갈리도록
> 왼 삭신이 다 쑤셔댔지.
> 견뎌보지 못한 사람들은 몰라,
> 네 발 달린 짐승도 그 속보다는 나을 것이여.
> 한 세상 틀어버리고 싶은 맘 굴뚝 같았제.
> 니얼은 낫겠지, 암시랑토 않겠지.
> 험시로, 지금까장 살았는디
> 다 꿈이여, 속절없는 짓거리였어.
> 이렇게 숭헌 시상 볼 종 알았더라면 일찌감치 접어
> 불 것인디.
> 요것이 먼 일이댜, 시상에.
>
> ──「폐가_전라선 10」전문

주인 없이 버려진 빈 집을 보면서 시인은 집을 버린 농사

꾼의 신산한 삶을 떠올리고, 아마도 집과 함께 생을 마감했을 집주인의 비통한 넋두리를 환청처럼 듣고 있다. 그러나 눈앞의 폐가야말로 무엇으로도 보상받지 못한 한 평생 노동의 생생한 유품이기에 그것은 결코 저승에서 들려오는 환청이 아니라 현실에서 울려오는 육성일 것이다. 그것은 곧 "근본적으로 농본주의자의 정직성과 단순성을 잃지 않은 시인"의 진솔한 육성이기도 하며, 그런 점에서 '전라선' 연작 같은 시편은 80년대 민중시의 한 전형에 든다고 할 수 있다.

그런데 정우영의 첫 시집 다른 한켠에는 한 시대를 달구었던 변혁의 열정이 차갑게 식어간 저간의 사정 또한 착잡한 소회로 피력되고 있다. 가령 우의(寓意)의 형식을 빌린 「지하도의 원효 스님」 같은 시를 보면 "중생제도의 법통을 충분히 이을 만큼/깃발 제작에 뛰어난 재주를 보였"다는 한때의 '선지자'들이 '육체의 반란' 시대를 맞아 금욕의 고행으로 버티다가 종국에는 이렇게 고백한다.

나는 모든 꿈을 잃은 부랑자일 따름이야
이젠 다시 돌아갈 곳이라고는 없는
역사의 영원한 미라가 되어버렸어.

백화제방으로 난무하던 이념의 깃발들이 자폐적 경색증에 도져서 결국 '역사의 미라'로 박제되는 과정을 당자의 입을 빌어 자조적으로 술회하는 방식으로 시인은 80년대와 90년대 시대정신의 급격한 낙차를 담담하게 증언하는 동시에 우회적으로 반성적 자기성찰을 촉구하고 있다. 새삼스레 80년대 민중문학의 공과를 가리자거나 그중의 편향적 흐름을 재론할 것까지는 없겠지만, 적어도 90년대 초중반의 정우영 시인에게는 이런 시를 쓸 수밖에 없었던 나름의 절박함이 치밀었을 법하다. 괜히 옛시절을 들추어서 시인이 불편해할지 모르겠으나 이 대목에서 나는 정우영 시인을 처음 만나던 무렵의 기억을 떠올리지 않을 수 없다. 시를 막 발표하기 시작하던 89년 무렵 그는 지금도 허물없이 지내는 몇몇 선배 시인의 '꼬임'에 넘어가 『노동해방문학』의 편집과 제작을 도맡는 덤터기를 쓰고 말았다. 그래서 그는 한달에 열흘 넘게 사무실에서 먹고 자며 철야작업을 하곤 했는데, 원고교정을 거들어준다고 나 역시 함께 밤을 새운 적이 더러 있었다. 그러면서 나는 그 힘든 일을 한마디 불평 없이 묵묵히 감당하는 그의 놀라운 헌신에 깊은 감동을 받았고, 겸손하고 소박하고 과묵하면서도 늘 주위 사람을 편안하게 배려해주는 웅숭깊은 마음씨에 매료되었다. 돌이켜보면 섬뜩한 구호로 가득했던 그 잡지의 전투성은 정작 그 책을 만들었던 당사자인 시인의 성품과는 기름과 물처럼 어울릴 수 없었는데, 그는 어쩌자고 그런 불구덩이에 뛰어들었던 것일까. 어떻든 시인 자신의 사람됨과는 무관하게 당시 그가 맡았던 일은 집단적 문학운동의 일부였다. 그러니 90년대 초중반의 싯점에서 그가 한때 자신이 몸담은 집단적 실천의 귀추에 민감했던 것은 너무나 당연하다. 위 시의 화자는 3인칭으로 객관화 혹은 대상화되어 있지만, 자기고백의 어조는 반성적 성찰에의 요구를 시인 자신도 비켜갈 수 없음을 은연중에 내비친다. 요컨대 타인을 질타하는 어조가 아니라 자신을 타이르는 어조에 가까운 것이다. 사람과 시가 다르지 않음을 보여주는 겸손의 미덕이다. 그러나 엄밀히 따지면 정우영의 '민중시'가 '깃발' 제작에 능한 '선지자'의 포즈에 함몰된 적은 없다. 그렇긴 하나 첫 시집을 놓고 보건대 80년대의 불온한 기운이 정우영의 시에 해독으로 작용한 흔적 또한 없지 않다. 정우영의 '민중시'에도 이따금씩 구호가 등장한다는 사실을 문제삼으려는 것이 아니다. 해독의 발원지는, 넓게 말하면, 지금 이곳의 현실에 미래를 덧씌우는 유토피즘이다. 다른 세상에의 열망이 앞선 나머지 시의 대상이 시인의 주관에 긴박되고 시의 호흡이 건조해지는 경

우가 눈에 띄는 것이다. 이를테면 「소」 「민들레」 「쑥」 같
은 시들이 그렇다.

> 우리 할아버지
> 똥장군 지게에 꽂혀
> 깊게 스민 뼈마디 날 선 반란을
> 엷은 꽃대궁이에
> 첩첩이 씨알로 쟁여두다가
> 바람 불지 않아도
> 서로의 몸을 비벼
> 화산처럼 터지는 꽃.
>
> ─「민들레」 전문

할아버지의 똥장군 지게 끝에 묻어 있던 민들레 씨가 반
란의 꿈을 품고 한순간 화산처럼 터지리라는 이 뜨거운
열망의 저변에는 강력한 역사적 서사가 작동하고 있다.
물론 역사에 대한 든든한 믿음이 없고서야 세상이 바뀔
리 없다. 그러나 '바람 불지 않아도' 민들레의 몸을 빌려
화산을 터트릴 정도의 초강력 기운은 예컨대 맹목으로
질주하다가 그르친 역사의 후폭풍일지언정, 서로 몸을
비비고 부대끼며 일구어야 할 역사의 내재적 동력과는

거리가 멀다. 그러므로 이 시에서 이미지의 과도한 비약
은 인간의 역사를 역사의 저편으로 밀쳐내는 자기모순을
동반한다. 시인이 경배하는 것은 그 자신의 의도와 상반
하게 초역사적 숭엄의 세계인 것이다. 이 딜레마와 관련
하여 첫 시집 해설 말미에서 이영진은 "남성적 풍자의
틀에 끝없이 물화되어가는 90년대의 현실을 끌어들여 이
를 극복해가는 새로운 서정의 힘을 보여"줄 것을 유력한
해결책으로 주문한 바 있다. 그러나 비판적 공격성을 주
무기로 하는 풍자는 정우영의 온유한 시적 감수성과는 어
울리기 힘들뿐더러 위의 시에서 확인되는 딜레마를 더욱
격화시킬 공산이 크다. 실제로 정우영이 새롭게 모색하
는 시적 지향은 이미 첫 시집에서도 "온몸의 땀구멍까지
열어/언제나 자유롭게 넘나드는 사물들을/그대로 호흡
해야지"(「시인」)라는 다짐으로 귀결되거니와, 바로 이 지
점이 두번째 시집의 출발점이자 주된 관심사이기도 하다.

　두번째 시집에서 두드러진 변화는 사물을 시인의 주관
으로 장악하려 들지 않고 있는 그대로 보려는 여실지견
(如實智見)의 태도다. 다음 두 편의 시를 비교해보자.

　　남은 것은 찬바람 맞으며 비실비실 붙어 있는 말라
비틀어진 감꼭지, 아무짝에도 쓸모없는 헌 갈퀴 두어

개, 다 쓰러져가는 축사에 옹기종기 들어앉은 보신탕
용 개새끼 한마리, 그리고 저승꽃 핀 할머니의 밭은기
침 위로 솟는 마른 연기뿐.

— 「청계리」 전문

　까닭 없이 눈이 붉어지고 부아가 치밀 때마다 내 고
향 청계동은 바람 서늘한 그늘 하나씩을 날라다준다.
나는 그 그늘 아래 눕자마자 순식간에 잠에 빠져든다.
나는 꿈을 꾸는데 그 꿈속에선 늘 안산에 안겨 있다.
벌거벗은 태초의 몸인데 춥지도 덥지도 않고 아주 평
안해서 마치 안산의 일부가 된 것 같다. 그런 느낌으로
나를 둘러보면 내가 문득 소나무거나 다람쥐거나 혹은
잔잔한 풀이거나 흙이 되어 있다.

— 「깜빡 잠」 부분

각각 첫 시집과 이번 시집에 실려 있는 두 편의 시 모두
시인의 고향 청계리를 제재로 삼고 있다. 앞의 시에서 고
향집은 「폐가」에서 묘사가 생략된 풍경 그대로다. 시인
에게 고향집은 허물어진 생의 마지막 기척조차 조만간
연기처럼 사라지고 말, 돌이킬 수 없이 죽음을 향해 내맡
겨진 불모의 장소일 뿐이다. 자신이 태어나고 자란 곳에

대한 이 막막한 회상이 현재의 척박하고 황량한 생활감
정과 맞닿아 있음은 물론이다. 그 반면 두번째 시의 '나'
는 고향 산자락의 일부가 되고 산속의 소나무며 다람쥐
와 한몸이 되고 있다. 사물을 나의 바깥세계로 대상화하
는 경계를 허물고, 사물이 오히려 나를 품으면서 말을 걸
어오는 형국이다. 고향에 대한 기억이 앞의 시에서는 불
가역의 크로노스적 시간에 갇혀 있다면 뒤의 시에서는
지금의 나에게 다른 삶의 가능성을 일깨우는 생성의 시
간으로 충만해지는 것이다. 전자의 경우 시의 화자가 완
강히 관찰자의 위치를 고수하는 반면 후자에서는 풍경의
일부가 되는 것도 이러한 사태에 조응한다. 그런데 정우
영의 시가 보여주는 이러한 변화는 아직은 새로운 모색
의 과정이지 완결에 이른 것이라 보긴 어렵다. 예컨대
"안산의 일부가 된 것 같다"는 직유와 "내가 문득 소나무
거나 (…) 흙이 되어 있다"는 은유의 혼재는 시인의 의식
이 유위와 무위의 경계선 언저리를 서성이고 있음을 시
사한다. 물론 시가 현실의 초탈을 위한 구도의 도구로 전
락하지 않으려면 그 경계선의 사유는 그것대로 끝까지
밀고가야 한다. 그러나 사물과 내가 한몸이 되기를 바라
는 희구는 그것을 의식하는 자의식의 간섭으로 인해 다
시 나의 생각을 사물에 전가하는 결과를 초래할 수 있다.

역으로 자의식의 적절한 매개를 거치지 않은 탈아의 사유 역시 소박한 물활론에 빠지기 쉽다. 어느 쪽이든 시적 긴장이 꼬이거나 풀어질 위험에 노출되기는 마찬가지다. 앞에서 살펴본 시로 말하면 「청계리」 같은 시가 강렬하게 응축된 느낌을 주는 데 비해 「깜빡 잠」 같은 시는 산문적 이완의 조짐을 보이는 것도 사실이다.

이러한 우려에도 불구하고 정우영의 새로운 모색은 그 자체로 소중하다. 다음 시를 보면 지금 시인이 무엇을 고민하는지 그 생각의 일단이 좀더 명료하게 드러난다.

사람만이 이땅의 희망인가
사람의 마음만이 세상의 중심인가
그렇다면 세상의 변두리에서 오히려 중심이 되는
저 모진 생명들은 다 무엇인가.

하찮은 풀의 마음도 우리와 같아서
거기서도 한 세상이 태어나고
나무 한그루의 사랑도 우리와 같아서
간절한 그리움으로 몸이 마른다.

안개 자우룩히 피어나는 어느날 새벽,

세상의 뿌리를 가만히 내려다보라.
풀과 나무까지 안쓰럽게 보듬고 선
한 어미의 다감한 근심이 뒤척이고 있을 것이다.

　　　　　　　　　　　　　　—「사람만이 희망인가」 전문

인간을 세상의 중심에 놓고 인간의 척도 바깥에 있는 뭇 생명을 오직 인간의 자기증식을 위한 노획의 대상으로 소모하는 삶의 방식이 인류의 생존 자체에 위협이 되고 있다는 것은 두루 실감하는 사실이다. 이러한 자가당착의 인간중심주의를 허물지 않고는 진정으로 인간답게 사는 세상을 기약하기란 어렵다. 그런 연유로 시인은 '세상의 변두리에서 오히려 중심이 되는 모진 생명들'에서 '세상의 뿌리'를 보라고 말한다. 이로써 정우영은 지금 시단의 주류적 흐름 가운데 하나인 생태적 사유로 접어든 셈이며, 그 역시 지금 생태시가 당면한 과제와 맞닥뜨리게 됐다. 생태적 사유의 여지를 봉쇄하고 억압하는 현실에 견주어보면 자연과 인간의 관계에서 "풀과 나무까지 안쓰럽게 보듬고 선/한 어미의 다감한 근심"을 온전히 느끼기란 말처럼 쉬운 일이 아니다. 설령 거기까지 생각이 미친다 하더라도, 중심과 주변의 위계적 차별이 공고한 인간세계에서 그런 생각을 실행에 옮기는 일은 더더욱

지난하다. 그런 까닭에 지금의 '생태시'가 제몫을 다하려면 자연과 인간의 배리(背離) 못지않게 인간사회 내부의 반생태적 질서를 천착하는 것이 중요하다. 물론 이런 일반론은 시인마다 시마다 제각기 다른 양상으로 구현될 수밖에 없을 것이다. 지금 정우영 시인은 자연에서 멀어지고 어긋난 삶의 자세를 다잡는 쪽으로 정진하는 중이다. 다음 시도 그런 관점에서 읽힌다.

마흔여섯 해 걸어다닌 나보다
한곳에 서 있는 저 여린 생강나무가
훨씬 더 많은 지구의 기억을
시간의 그늘 곳곳에 켜켜이 새겨둔다.

홀연 어느날 내 길 끊기듯
땅위를 걸어다니는 것들 모든 자취 사라져도
생강나무는 노란 털눈 뜨고
여전히 느린 시간 걷고 있을 것이다.

지구의 여행자는 내가 아니라,
생강나무임을 아프게 깨닫는 순간에
내 그림자도 키 늘여 슬그머니

생강나무의 시간 속으로 접어든다.

─「생강나무」 전문

시인은 인간의 시간에 길들여진 발걸음을 멈추고 인간의
기억에서 배제된 '지구의 기억'을 더듬고 있다. 이 발상
의 전환은 인간의 기획에 아랑곳하지 않고 '여전히 느린
시간을 걷고 있는' 생강나무의 '노란 털눈'의 매개로 가
능해진다. '노란 털눈'에 함축된 미시의 세계는 인간이
정한 시간의 척도로는 가늠되지 않는 '시간의 그늘' 속에
묻혀 있지만 '지구의 기억'을 내장하고 있다는 점에서는
마흔여섯 해를 헤아리는 나의 세계보다 비할 바 없이 광
대하다. 그러므로 그 시간의 그늘은 내 그림자를 받아주
는 넉넉한 품이 되는 것이다.

　이처럼 시인은 인간의 시간에 종속된 현실에서 한 걸
음 물러나 시간의 그늘이 퇴적된 나무 그림자를 밟으며
지금까지 그가 걸어온 길과는 사뭇 다른 길을 찾아나서
고 있다. 아직 뭐라 단정할 수는 없지만 다음 시는 그러
한 길찾기가 만만치 않은 여정으로 이어질 것임을 예고
한다.

　풀이슬 포르르 떨어져 싱그러운 새벽, 나는 길을 따

라 나선다. 어디로 갈 것인지는 나도 모른다. 그저 길에게 몸을 맡겨둔다. 길은 아무데로든 달려간다. 길은 마치 아지랑이처럼 흔들리며 나아간다. 가다가 구름을 만나 잠시 쉬어가기도 하고, 너무 더우면 산자락에 숨어들어 풋잠에 빠지기도 한다. 길은 내가 저를 다잡으려 하기만 하면, 저 숲속 어딘가로 달아나 숨어버린다. 매미가 맴맴 아득하게 울어대는 낯선 풍경 속으로 나를 풍덩 빠뜨려버린다. 나는 하아하아 받은 숨을 내뱉으며 헤엄치다 문득 맥을 놓는다. 틀어쥐고 쫓아가는 게 아니라 나를 맡겨두어야 하는데. 나는 가지런히 숨을 고르며 처음으로 다시 돌아간다. 평온하게 발 내려 길을 더듬는다. 그러면 길은 다시 긴 숨을 내쉬며 어둠을 건너간다. 혼미를 타고 온갖 환영들이 나에게 밀려들지만 나는 이제 흔들리지 않는다. 길은 이렇게 달려 마침내 어디에서 멈출까. 길의 집은 어디일까.

—「길의 집」 전문

길이 나고 끊길 때마다 다시 숨을 고르며 처음부터 되짚어야 하는 암중모색이 거듭됨에도 불구하고 "혼미를 타고 온갖 환영들이 나에게 밀려들지만 나는 이제 흔들리지 않는다"고 시인은 말한다. 그래도 시인이 갈 길은 확

고하다는 자신감의 표현이라기보다는, 설령 미혹에 빠지는 한이 있더라도 미지의 길을 찾아나서는 모험을 기꺼이 감수하겠다는 완곡한 결의의 표명일 것이다. 그래서 '길의 집은 어디일까' 하는 궁극의 의문은 마지막 유보로 남겨둔다. 길이 다하는 곳에서 펼쳐질 존재의 정처를 미리 점지할 도리는 없는 것이다.

정우영의 두번째 시집에서 확인되는 또 하나의 변화는 현실에 대한 직접적 발언이 현저히 줄어들고 있다는 것이다. 이것은 물론 지금까지 살펴본 대로 그의 시적 사유가 모종의 방향전환을 시도하고 있다는 사실과 맞물려 있다. 현실을 향한 발언의 어조가 바뀌는 것도 그런 사정과 무관하지 않을 것이다.

이라크에서 포성이 쫓아오던 날부터 갑자기 나는 귀를 잃어버렸다. 누군가의 말을 들으려고만 하면 내 귓속에서 달팽이가 먼저 기어나온다. 그러고는 내가 들어야 할 말들을 낼름낼름 핥아먹는다. 무슨 말이든 가리지 않고 다 삼켜버린다. 나는 상대방 입을 보면서 말의 뒤끝이라도 낚아채려 애쓰지만 헛일이다. 달팽이는 말의 뒤끝마저도 홉! 빨아마신다. 이런 달팽이가 다른 사람들 눈에는 전혀 보이지 않는 모양이다. 달팽이를 잡아채기 위해 용쓸 때마다 사람들은 자못 감탄스러운 눈길로 나를 바라본다. 침묵의 시인이라 부르며 나를 따른다. 내 속에서 말의 집이 부러져버린 것도 모르고.

—「달팽이」 전문

현실에서 목도하는 극한적 폭력에 말문이 막혀버린 망연 자실의 고백처럼 들리기도 하지만 "달팽이는 말의 뒤끝 마저도 흡! 빨아마신다"는 진술 이후를 찬찬히 읽어보면 반드시 그렇지만도 않다. 시의 화자가 언표상의 '나'와 점점 더 분리되면서 미묘한 긴장이 조성되기 때문이다. "사람들은 자못 감탄스러운 눈길로 나를 바라본다"고 할 때의 '나'는 물론이려니와 "침묵의 시인이라 부르며 나를 따른다"고 할 때의 '나'는 더욱이나 그 어떤 단독자의 지 칭이 아니라, 피안에 들떠서 정작 현실을 잊고 표류하는 시정신과 그 저변에 흐르는 시류의 알레고리로 읽히기도 하는 것이다. 현실의 극한에 자신을 맞세워보지도 않고 현실을 뛰어넘으려는 집단적 실어증은 '말의 집' 즉 시의 붕괴에 다름아닙니다. 황현산이 언젠가 말했듯이 "극단적 소승과 극단적 대승의 고통은 차라리 편한 길이어서 사 회는 쉽게 괄호 속에 묶인다." 갈수록 복잡다단해지는 사회 속에서 현실을 바로 보려는 자세를 견지할 때만 '말의 집'은 견고한 지반을 얻을 수 있을 것이다. 혼돈의 미로 속에서 새로운 길찾기에 나선 정우영 시인도 부디 이 점을 유념하기 바란다.

林洪培 | 문학평론가·서울대 독문과 교수

시인의 말

마음이 많이 닳은 것인가.

한동안 에둘러 살아왔다는 생각이 들면서도 부끄럽지만은 않다.

무뎌진 것일까.

분노보다는 위로에 더 눈길이 간다.

요즈음엔 특히 작은 것, 잘 잊히는 것, 쉬 멀어지는 것,

이를테면 사금파리 같은 것들에 부쩍 끌린다.

눈에 잘 띄지 않아도 그 자리에 없으면 어쩐지 허전한 것들.

그런 것들이 불러일으키는 애잔한 위무가 아늑하게 느껴진다.

이 시집을 있게 한 소중한 인연들에게
은근한 설렘 담은 차 한잔 올리며.

2005년 12월
정우영

창비시선 257

집이 떠나갔다

초판 1쇄 발행 / 2005년 12월 20일
초판 3쇄 발행 / 2016년 9월 19일

지은이 / 정우영
펴낸이 / 강일우
편집 / 김정혜 안병률 강영규 김현숙
미술·조판 / 정효진 신혜원
펴낸곳 / (주)창비
등록 / 1986년 8월 5일 제85호
주소 / 10881 경기도 파주시 회동길 184
전화 / 031-955-3333
팩시밀리 / 영업 031-955-3399 · 편집 031-955-3400
홈페이지 / www.changbi.com
전자우편 / lit@changbi.com

ⓒ 정우영 2005
ISBN 978-89-364-2257-8 03810